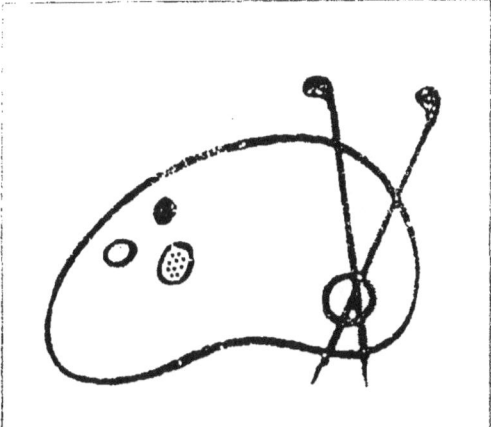

Début d'une série de documents
en couleur

COUVERTURES SUPERIEURE ET INFERIEURE D'IMPRIMEUR

443

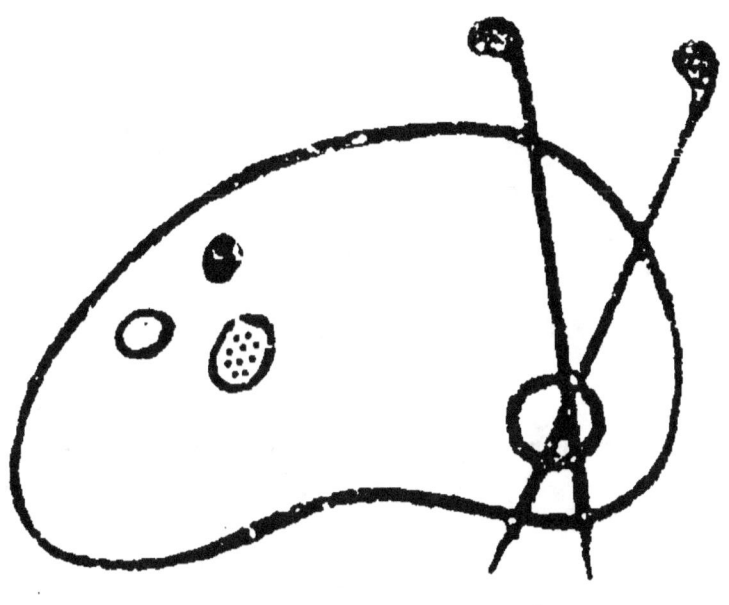

Fin d'une série de documents
en couleur

# LES

# DEUX FRÈRES D'ARMES

——

4ᵉ SÉRIE IN-8°.

# LES

# DEUX FRÈRES

## D'ARMES

PAR

## ALFRED DRIOU.

LIMOGES

EUGÈNE ARDANT et Cie, ÉDITEURS.

# LES

# DEUX FRÈRES D'ARMES

## I

Monsieur d'Arjuzon demeure au premier étage d'une maison ouvrant sur la rue du faubourg Saint-Honoré, d'un côté, et de l'autre sur de vastes et beaux jardins plantés de vieux arbres, et marquetés de plates-bandes. Son appartement jouit de la vue toujours agréable de la verdure et des fleurs, pendant la belle saison. Pendant l'hiver, ses bosquets sont ou poudrés à blanc, ou frissonnant sous la gelée, et alors une sombre mélancolie plane sur ce petit coin de la belle nature. Or, nous sommes au mois de février, et c'est dire que l'heureux moment des bourgeons printaniers et des senteurs balsamiques n'est pas encore venu. Au contraire, la bise souffle au-dehors, et, au-dedans, le feu pétille dans le foyer

Il est dix heures du matin, et cependant le jour est terne et blafard. Lorsque nous pénétrons très indiscrètement dans le salon, luxueusement meublé et où s'étale tout le confort moderne, monsieur d'Arjuzon achève la lecture de son journal. Robert, blondin de neuf ans, son fils, et sa fille, Sidonie, pâles enfants presque du même âge, l'entourent et l'écoutent, car il leur dit d'un ton affectueux et bon :

— J'ai pris Jean à notre service, mes petits anges, parce que son père a été le fermier du mien, et que ce brave homme n'est pas heureux; c'est une manière de l'obliger. Ce bon garçon arrive de son village et ne sait pas dire deux paroles. Ne riez pas quand il parle, cela l'intimide. Avec de la patience et des leçons, nous le rendrons aussi bon valet de chambre qu'Ambroise, qui a voulu nous quitter pour courir le monde. Attention ! voici Jean ; vous êtes prévenus, soyez graves...

— Oui, père, je te le promets... dit Sidonie.

Dans la crainte de céder à l'envie de rire, Robert tourne le dos à Jean, qui entre en effet, et, s'approchant gauchement de monsieur d'Arjuzon, traîne le pied sur le tapis, en guise de salutation. Lourd et empesé, le pauvre valet ne voit pas la levrette de Sidonie qui est gracieusement étalée, à plat ventre, auprès de la chauffeuse de sa maîtresse, et l'effleurant de son pied maladroit, il la fait hurler de douleur, ce qui ajoute à son embarras. C'est cependant un jeune homme de seize ans à peine. Il porte la livrée, mais sans distinction aucune. Ses cheveux sont hérissés ; ses mains présentent une teinte équivoque ; son gilet rouge remonte sur sa poitrine ; sa culotte de panne semble vouloir le quitter ; son habit bleu, à boutons armoriés, est rejeté en arrière, et ses guêtres tombent en tire-bouchon sur des souliers auxquels le vernis est fort étranger.

— *M'sieur* le colonel, dit-il en s'adressant à monsieur d'Arjuzon, *v'là* un chiffon de papier que la portière m'a remis quand je *suis été* à la *vacheri quéri* le lait de *chève* de Mademoiselle...

On voit, au mouvement d'épaules de Robert, que, malgré l'avis de son père, le rire s'empare de lui. Quant à Sidonie, elle reste impassible et calme.

— Bien : merci, Jean... Maintenant approche et écoute-moi un moment... Qui t'a dit de m'appeler ton colonel ?... lui dit gravement, mais avec aménité, M. d'Arjuzon.

—Papa, *m'sieur*; parce que, dit-il *comme ça*, vous avez *tété* militaire... répond Jean d'un air niais.

— Eh bien ! mon garçon, je t'exempte d'autant mieux de m'appeler colonel, que je n'ai jamais porté ce titre. Etant simple chef d'escadron, et tout jeune encore, j'ai eu l'honneur de gagner les épaulettes de général de brigade sur le champ de bataille d'Eylau, pour avoir commandé à mes hommes une manœuvre dont le résultat fut de passer sur le ventre aux Russes qui entouraient le cimetière du village, et de permettre à l'empereur de sortir du clocher dont il avait fait son observatoire. Encore, sans un brave Français, un enfant, qui a tué un ennemi dont la baïonnette allait me percer, je n'aurais pas recueilli ma part de gloire dans cette terrible journée... dit monsieur d'Arjuzon, qui, comme tous les anciens soldats, aime à raconter les faits d'armes de leur bel âge.

Puis il ajoute :

— Mais il ne s'agit pas d'Eylau, en ce moment ; et si je t'en parle, Jean, c'est pour te faire comprendre que, dans tous les états, il faut apprendre à bien remplir son devoir... Général ou colonel, peu importe ! Je suis simplement pour toi monsieur le comte...

— Ça *siffit, m'sieur*, monsieur le comte...
fait Jean.

— Bien; à présent, mon garçon, parle le
moins possible et écoute beaucoup; tu re-
marqueras comment disent ceux qui
s'expriment bien, et tu parleras mieux
toi-même bientôt... Et puis...

Ici, monsieur d'Arjuzon se leva, et prenant Jean par le bras, il le mit en face
d'une glace immense devant laquelle le
naïf paysan, se voyant de pied en cap,
devint rouge de plaisir, car il se trouvait
habillé comme jamais encore il n'avait vu
personne, pas même le suisse de son
église de village.

— Tu te crois bien comme te voilà,
hein?... lui demanda le comte d'Arjuzon.

— Mais pas mal tout de même!... arti-
cula Jean d'un air de stupide béatitude
qu'il crut simplement modeste.

— Eh bien! non, mon garçon; tu es
ridicule, et voilà tout...

Robert ne se gêna pas, en ce moment,
pour laisser échapper un éclat de rire des

plus fous. Mais le général garda le silence un seul instant. Ce silence fut compris de son fils, qui réprima aussi vite sa folle gaîté.

— Quand j'avais un homme de ta façon qui voulait se faire soldat, reprit le général, je lui disais ce que je vais te dire à toi, Jean, et je ne le lui disais qu'une fois, une seule fois, note bien cela !... Tes cheveux seront coupés ras, et ta tête restera propre toujours... L'habit doit être ainsi agencé, le gilet retomber de cette façon, la culotte remonter comme cela, et tes souliers briller tellement qu'ils puissent servir de miroir... Je me fais ton valet de chambre, comme tu vois... Or, le soldat comprenait... et devenait irréprochable... Comprends-tu, toi, Jean ?...

— Oui, monsieur le... comte...

— Quant aux mains, continue monsieur d'Arjuzon, je ne veux pas qu'elles touchent rien de ce qui m'appartient (ici tout m'appartient) que parfaitement propres et lavées vingt fois par jour, s'il le faut... En outre, quand il t'arrive de me présenter, ou à mes enfants, des lettres, des journaux, des clés, ou tout autre objet, tu dois les placer sur un plateau d'argent, et jamais autrement, tu entends?...

— Oui, monsieur le... comte... Mais jamais... je ne pourrai remuer un plateau, tout seul... Quand j'allais promener avec *not'* curé, il me disait toujours : Jean, allons voir le coucher du soleil du haut du plateau... Je n'en ai pas vu encore dans le jardin, de plateau, Monsieur, et surtout de... plateau en argent...

Sur cette réponse du pauvre Jean, articulée avec une bêtise incomparable, Sidonie la première, même le brave général, qui mord inutilement sa moustache grise, et surtout Robert l'espiègle, se livrent à un rire formidable si sonore, que l'écho de l'appartement en retentit. Aussi Jean devient-il rouge comme une pivoine.

— Tiens, voilà ce que c'est qu'un plateau d'argent... fait monsieur d'Arjuzon, qui va chercher dans l'antichambre cet

ustensile si connu des laquais de bonne
maison.

Puis il ajoute, du ton le plus débon-
naire :

— Allons, mon cher Jean, du bon vouloir, et d'ici à huit jours tu seras un valet
de chambre modèle... A présent, va faire
ta toilette de fond en comble, tu sais ce
que je veux dire ?...

— Oui, monsieur le comte... répond
Jean.

— A merveille ! réplique le général,
tout en ouvrant les papiers que vient de
lui remettre le valet.

## II

A peine Jean a-t-il disparu que Sidonie, s'adressant à monsieur d'Arjuzon, lui
dit :

— Mais, père, qu'est donc devenu ce sol
dat qui t'a sauvé la vie sur le champ de
bataille d'Eylau ?

— Jamais plus je ne l'ai revu, et pour-

tant je l'ai bien cherché, mon enfant...
réplique le général avec une manifeste
expression de regret. C'était un vélite de
la garde impériale. Je le retrouve pourtant
bien ici, dans mon souvenir, et surtout ici,
dans mon cœur, ce jeune soldat, presqu'un
enfant !... continue-t-il en se frappant le
front du doigt, et la poitrine de la main...
Il venait de recevoir sur la tête une blessure qui aurait dû l'aveugler, car le sang
ruisselait sur son visage... Mais non. Il
eut encore assez d'yeux pour distinguer
la baïonnette du Russe qui me menaçait,
et son flanc gauche dans lequel il fit pénétrer la sienne, de part en part, avec
une vigueur étonnante...

— Bon vélite ! Quel malheur que tu ne
l'aies pas retrouvé ! fait Robert, qui s'est
approché pour entendre le récit de son
père.

— Décidément je dois profiter de l'oc-
casion, puisque les voilà réunis... mur-
mure le général, comme se parlant à lui-
même.

Puis il reprend à haute voix, d'un ton tout à la fois malicieux et sentimental :

— Mes petits anges, — c'est le mot favori du bon père, — vous ne semblez pas vous rappeler que c'est aujourd'hui une grande fête pour mon cœur... Nous sommes au 17 février! Eh bien! cela ne dit rien à vos souvenirs?... Rappelez-vous donc qu'il y a aujourd'hui onze ans pour Sidonie, et neuf pour Robert, que le ciel vous donnait à mon amour et à celui de votre excellente mère, ma bien-aimée Valérie, à deux ans de différence, mais le 17 du même mois de février, jour pour jour... Pauvre chère Valérie! je la pleure sans relâche; mais cependant, aujourd'hui, je veux faire trève avec ma douleur, et fêter avec vous le double anniversaire de votre naissance. Du haut du céleste séjour, notre Valérie nous verra penser à elle, et elle s'en réjouira. Ce matin donc, nous irons d'abord prier pour elle en assistant à une messe dite à son intention. Puis, ce soir, je vous conduirai de bonne heure au res-

taurant des Frères-Provençaux; et enfin,
la nuit venue, nous nous rendrons au
Théâtre-National, assister aux *Grands Dra-*
*mes de l'Empire*, que l'on y représente au
bénéfice des vétérans des armées de Napoléon. On m'écrit pour m'en donner avis,
et on met une loge à ma disposition. C'est
une façon de me la faire payer double;
mais j'en donnerais cinq fois la valeur, pour
le plus grand soulagement de mes frères
d'armes qui peuvent être dans le malheur. Vous assisterez là, mes enfants, à
des batailles pour rire; mais, à moi, ces
mêmes batailles me rappelleront nos luttes héroïques d'autrefois... Cela vous va-
t-il ?

— Oh! oui; merci, père! Quel bonheur
d'entendre les tambours, la musique, la
fusillade, le canon!... Boum!... boum!...
s'écrie le pétulant Robert, qui pétille de
bonheur à la pensée des joies qui l'atten-
dent.

— Cela me fera bien plaisir aussi...
ajoute Sidonie. Je ne sais pourquoi j'aime

l'odeur de la poudre, tout comme si j'étais un garçon...

— C'est que tu es la fille d'un soldat, ma chérie, et que ta sainte mère vous a reçus de Dieu alors que le canon ébranlait notre ville de Paris, pour l'avénement au trône de Louis-Philippe, et une fête militaire, deux ans après, mes chers petits anges.

Sur ce, monsieur d'Arjuzon fit retentir le timbre, et Jean parut. Mais cette fois le digne garçon avait déjà mis à profit la leçon du général. Sa tenue était un peu gourmée peut-être, mais irréprochable à tout autre point de vue.

— J'ai donné l'ordre au cocher de tenir prêt mon tilbury, fit le comte ; sais-tu s'il est dans la cour, Jean ?

— Il attend, monsieur le comte... répondit le valet.

— Alors je vais mettre ton intelligence à l'épreuve, Jean. Ecoute bien ceci. Tu vas monter sur le tilbury et tu t'assoieras à côté du cocher, auquel tu diras : Palais-

Royal. Une fois arrivé, tu descendras et tu chercheras dans la galerie de Valois le restaurant des Frères-Provençaux. Là, tu préviendras le maître du logis qu'il veuille bien conserver un petit salon bien chaud pour le comte d'Arjuzon et ses enfants, qui viendront dîner chez lui, à cinq heures précises...

Rien ne peut rendre la joie turbulente de Robert, à la pensée d'aller dîner au restaurant, cette lanterne magique si animée, où la foule des belles dames et des élégants jeune gens se presse; où les plus étranges physionomies passent sous les yeux; où les garçons haletants vont et viennent, montent et descendent, s'entrecroisent en tout sens, portent la flamme bleuâtre des puddings, de gigantesques homards dans leurs rouges carapaces, et des pyramides de fruits dorés; où le Champagne fait explosion et tombe dans les patères comme un rayon de soleil liquide; où l'air est saturé de parfums culinaires qui chatouillent le cerveau...

Aussi le jeune espiègle tourne-t-il sans fin à l'entour de Sidonie, beaucoup plus calme, mais, avouons-le, se flattant bien aussi de savourer des huîtres de Cancale... C'étai sa petite friandise, à elle...

L'heure d'aller au festin, et du festin au spectacle, parut fort lente à venir aux deux enfants ; mais enfin elle sonna. La berline de monsieur d'Arjuzon conduisit ses petits anges à la première féerie de leur soirée, à savoir le dîner aux Trois Frères-Provençaux...

Je ne vous en dirai pas le menu, cher lecteur ; je craindrais de vous faire venir l'eau à la bouche. Sachez seulement que les choses se passèrent à la plus grande satisfaction de nos héros.

La nuit était venue quand ils quittèrent la table pour se rendre au Théâtre-National. Déjà Paris brillait de tous les feux du gaz qui constelle les rues, les places et les squares. Les boulevards surtout regorgeaient de promeneurs, et cependant il faisait froid. Mais que Paris grelotte

ou qu'il brûle, peu importe, les curieux,
les flâneurs, les types de toutes les nations
ne lui font jamais défaut.

## III

Quand le général et ses enfants pé-
nétrèrent dans leur loge réservée du Théâtre-National, la salle était déjà remplie.
Sidonie et Robert prirent place sur le devant de la loge. Monsieur d'Arjuzon, en
sévère frac noir, un simple ruban rouge à
sa boutonnière, se tint au fond, dans l'ombre. Néanmoins il dut répondre à maintes
salutations qui lui furent adressées de di-
vers points des avant-scènes.

La représentation que l'on allait donner était exceptionnelle. Différents théâtres contribuaient à la solennité de la
fête. L'Opéra jouait le *Comte Ory* et en-
voyait ses plus fameuses ballerines. Les
Français donnaient la délicieuse comédie
du *Bonhomme Jadis*, et il n'était pas jus-

qu'aux Folies-Dramatiques qui n'offrissent aux grognards, dans le but de grossir leur trésor, la féerie des *Taquineries du Diable*, dont les deux premiers personnages étaient le célèbre Pierrot Paul Legrand, et Basquine, que les amateurs de chorégraphie vantaient comme la perle de la danse. Mais la grande pièce de circonstance était, ainsi que je l'ai dit, *les Grands Drames de l'Empire*, pièce militaire à grand spectacle, en cinq actes et vingt tableaux, avec ballets.

Jamais on n'avait fait d'aussi grands frais de mise en scène ; jamais on n'avait mis en réquisition plus de costumes neufs, variés et somptueux, des acteurs plus habiles réunis en aussi grand nombre, et autant de trucs et de machines préparant des changements à vue, des métamorphoses et des surprises à n'en plus finir.

Déjà le *Comte Ory* avait ouvert la soirée, et le *Bonhomme Jadis* recueillait sa moisson de bravos, lorsque Robert avisa, dans une loge voisine, toute une légion d'enfants assez mesquinement vêtus, mais dont les yeux lançaient des flammes de bonheur en face des splendeurs de la scène, en entendant les chants de ses fauvettes et de ses rossignols, et à la vue du jeu spirituel de ses artistes. Ces enfants se trouvaient là sans parents, sans surveillants, sans mentors visibles ; mais leur attention était si fort absorbée par la magie de la salle, dont assurément ils n'avaient pas la moindre habitude, que, pour Robert, sympathique et bon, malgré sa nature pétulante, le spectacle n'était plus sur la scène, mais dans la loge occupée par ces enfants. Il les fit remarquer au général, qui lui dit :

— Ce sont les enfants et les petits-enfants de quelques-uns de nos vieux soldats que l'on a gratifiés sans doute du spectacle donné en faveur de leurs familles...

Un entr'acte fort court suivit la représentation du *Bonhomme Jadis*. Pendant ce temps, Robert et Sidonie, dont il avait convié le regard à l'adresse des petits voisins si intéressants, contemplaient curieusement cette joyeuse nichée d'enfants se communiquant leurs premières et saisissantes impressions. L'un d'eux surtout, placé le plus près de la loge du comte d'Arjuzon, attirait d'une manière toute spéciale l'attention de nos héros. Robert se figurait même l'avoir vu quelque part, et Sidonie, en effet, lui affirmait l'avoir rencontré fréquemment dans la rue du faubourg Saint-Honoré, et toujours fort près de leur demeure. C'était le plus mignon de ces enfants. Une forêt de cheveux blonds, naturellement frisés, partagés sur le côté de la tête, couvrait son front et ses épaules. Deux grands yeux bleus, intelligents et vifs, illuminaient son beau visage. Rien de plus pur, rien de plus gracieux que les traits de cette petite physionomie candide, mais d'une blancheur qui révélait de grandes privations, quelque peu creusée qu'elle était par la misère, peut-être. Un sourire mélancolique et doux, appelé sur ses lèvres pâles par la jouissance d'un plaisir inconnu, s'épanouissait à demi par intervalles sur cette suave figure.

Par un mouvement de grâce enfantine exquise, cet enfant écarta ses cheveux, dont les boucles par moments voilaient ses yeux, pour dire avec bonheur à ses petits amis :

— La musique va jouer, et vous allez voir Basquine !... comme elle danse !...

— Tu la connais donc, que tu sais son nom? lui répondirent ses camarades.

L'enfant rougit, et, pour dissimuler son embarras, il plongea sa petite main dans son épaisse chevelure, appuya son coude sur son genou, et parut écouter avec recueillement l'ouverture de la Féerie, dont l'orchestre attaquait les premières mesures.

Au moment où la toile se leva, on diminua peu à peu la lumière du gaz; le lustre cessa de flamboyer et la salle fut à peu près plongée dans l'obscurité. La scène représentait une forêt sombre et profonde ; le tonnerre grondait et de fréquents éclairs sillonnaient le théâtre. Tout-à-coup le sol s'ouvrit et vomit de larges flammes rouges, ainsi que l'exige l'introduction de quelque personnage diabolique ; puis, l'é- ruption ayant exhalé des feux violets, on vit apparaître un Génie, sortant d'une dernière émanation de flammes formida- bles.

C'était un très joli Diable, du reste. Figurez-vous une jeune fille de seize ans, remarquablement élégante.

Comme ce terrible démon portait une lanterne, qu'il suspendit à un arbre de la forêt, le jour se fit soudain, et la scène, ainsi que la salle, redevinrent éblouis- santes de lumière. Aussi, à la vue de la Diavolina, ce ne fut qu'un cri :

— Basquine ! Basquine !

Lorsque le démon, sous les traits d'une jeune fille, parut inondé de reflets lumi- neux, Robert remarqua bien vite que les yeux du petit enfant blond se remplis-

saient de larmes et que sa poitrine oppres-
sée suffisait à peine à la respiration. Aussi,
promenant son regard de l'intéressant garçonnet au Diable, et reportant son exa-
men du Diable à l'intéressant garçonnet,
Robert reconnut sans effort, mais non sans
surprise, que ces deux visages se res-
semblaient à merveille, sauf la couleur des
cheveux, blonds chez le petit garçon, noirs
de jais chez la jeune fille. Cela lui parut
étrange...

Cependant, le Génie, une fois échappé
aux profondeurs de l'abîme d'où les flammes l'avaient accompagné, se voyant dans
une forêt, croise les bras sur sa poitrine,
avance de quelques pas, regarde à droite,
regarde à gauche, puis avise Pierrot, tout
enfariné, qui dort béatement sous une
touffe d'épais arbustes, sourit d'aise, ru-
mine un projet d'enlèvement, et s'approche
pour s'en emparer, en le frappant de la
verge de feu dont il est armé. Mais une
puissance mystérieuse, une force singu-
lière, ne lui permet pas d'arriver jusqu'à

l'innocent Pierrot... En effet, devinant
sans doute les mauvaises intentions du
Diable, descend des nuages dans une conque de nacre attelée de cinq cents oiseaux
de tous les plumages les plus riches,
une Fée, la Fée d'Or, qui, de sa baguette
enchantée, trace aussitôt un cercle autour de l'heureux Pierrot, écarte le mauvais Génie qui menace son protégé, et le
tient à distance.

La Fée d'Or fait tomber une pluie fine
de feuilles de roses sur son front, qu'il ga-
rantit instinctivement de la main, comme
s'il voulait en éloigner des abeilles incom-
modes. Alors la Diavolina, toujours empê-
chée de s'approcher de Pierrot dont elle
convoite la possession, et levant enfin les
yeux, découvre la Fée d'Or qui le protège.
Aussitôt, inspirée par le dédain d'abord,
elle hausse les épaules, fait un pas qu'elle
accompagne, à la façon d'une vipère qui
veut s'élancer sur sa proie, d'une ondula-
tion de cou si subtile, et d'un regard sata-
nique tellement chargé de fureur, que la

Fée d'Or, subissant l'irrésistible fascina-
tion du Génie, comme l'oiseau celle du
serpent, dit-on, descend de sa conque, et
s'approchant de la divinité des enfers, lui
offre en tremblant la corne d'or qu'elle
tient à la main et dans laquelle sont en-
tassées les fleurs dont elle aspergeait Pierrot. La Diablotine saisit la corne, souffle
dessus, et tout-à-coup la corne disparaît,
remplacée par un poignard flamboyant. La
Fée d'Or est également changée soudain
en une petite vieille femme qui n'a plus
de dents, et qui, toute ridée, se courbe en
deux et marche péniblement appuyée sur
un bâton, tandis que Pierrot, de tout blanc
qu'il était, devient immédiatement tout
noir. Il se réveille enfin, alors, prend un
miroir dans sa poche pour remettre ordre
à sa toilette, et, ne se reconnaissant plus,
grelotte de peur, s'agite en tout sens, regarde et appelle d'une voix flûtée : Pierrot!
Pierrot!... comme s'il se cherchait lui-
même, et enfin se trouve face à face avec
le mauvais Génie...

Je ne vous dirai pas la suite des tribulations et des tristes aventures qui arrivent à l'infortuné Pierrot, du moment qu'il appartient à Diavolina. Sa vie n'est plus qu'une longue série de taquineries comiques et de lutineries drôlatiques, jusqu'à ce que la Fée d'Or, ayant pris le dessus sur Diablotine, arrache le misérable Pierrot aux griffes de son ennemie.

Robert, les yeux sur son petit voisin, voyait non sans stupeur que le visage de l'enfant s'enflammait d'un reflet de bonheur à chaque cri de triomphe et de félicitation qui ébranlait la salle. Et son cœur battait à se rompre, on le devinait, car il y mettait la main, quand tombaient aux pieds de Basquine les plus beaux bouquets, jetés à profusion sur la scène...

## IV

Vint enfin la représentation des *Drames de l'Empire.*

Ce fut alors un tout autre spectacle. Les uniformes français, russes et autrichiens, les aigrettes des vélites, les plumets des artilleurs, les casques des dragons, les bonnets à poil des grenadiers, les drapeaux prussiens et les aigles napoléoniennes remplacèrent les rubans et les jupes de gaze; la poudre noire des soldats la blanche farine de Pierrot; et les grognards, de vrais grognards! les frais minois des ballerines.

Au lever du rideau, les spectateurs se trouvent en face d'une des plus belles perspectives de Paris. La scène sillonne la grande ville, et le Pont-Neuf se montre de profil, mettant son pied sur la rive droite, posant l'autre pied sur le rive gauche, et chevauchant par-dessus le fleuve dont il est la gloire. Les quais se développent à l'infini, avec leurs falaises de maisons et leurs mille accidents de clochers, de tours, de coupoles, de frontons et de portiques. Les horizons lointains nagent dans une vapeur bleuâtre, et le ciel rutile des feux du soleil.

Alors, sur les quais, sur le pont, sur les places, dans les rues, s'agite et se meut la foule que Paris nous montre tous les jours, foule turbulente, passionnée, affairée, besoigneuse, bigarrée : ouvriers et patrons, forts et dames de la Halle, revendeurs et poissardes, élégants de toutes les professions, hommes graves de tous les rangs, bourgeois et marchands, vieillards et gamins, oh! gamins de Paris surtout...

Il faut se supposer en 1792, puisque tout ce monde porte le costume de cette époque : les femmes, le bonnet à la Charlotte Corday, les longs tabliers cachant une partie de la robe, les manches serrées aux bras ; les hommes, le chapeau tricorne, les cheveux réunis en une longue queue jouant de l'éventail et dansant des entrechats sur le collet de leur habit, la culotte courte, les bas chinés, la veste tombant sur les cuisses et la lévite à rabat ou l'habit à larges pans, le tout de couleurs vives et tranchées.

Le point central, autour duquel pivote

tout ce monde, qui va, vient, rit, cause,
discute, picore, crie, braille et s'agite dans
un tableau mouvant du dernier pittoresque, est la statue de bronze de Henri IV,
debout sur son piédestal de marbre. C'est
la seule effigie de nos rois que la fureur
révolutionnaire ait épargnée, parce que ce
prince, en son temps, aurait voulu que le
moindre de ses paysans de France et de
Navarre fût assez riche pour mettre la
poule au pot, au moins le dimanche. Car,
au moment en question, la France est en
révolution, et son bras fiévreux s'est couvert du sang de son roi Louis XVI, et de
la reine, Marie-Antoinette! Aussi l'Europe
s'est levée contre la France, et, à cette
heure, la patrie est menacée, menacée sur
tous les points... Il faut courir aux fron-
tières pour la défendre...

Or, on a mis au bras de Henri IV le drapeau de la nation française, le drapeau
tricolore, et à l'ombre de l'étendard du
pays, on a dressé des tables, au grand
air, sur le terre-plein du pont. Là, des ma-

gistrats, ceints de l'écharpe, inscrivent les noms de tous les citoyens qui veulent bien donner leur vie à la France, en s'enrôlant dans les armées de la jeune République française. L'enthousiasme est à son comble. Toute la jeunesse se fait soldat. Les femmes mêmes suivraient son exemple, si on le voulait.

C'est ainsi que l'on improvise quatorze armées !

Alors, aux fanfares joyeuses des musiques guerrières, au son des tambours battant, aux cris de la multitude hurlant : Vive, vive la France ! les Quatorze Armées quittent Paris, se dirigent sur tous les points, qui au nord, qui au sud, qui au levant, qui au couchant, qui sur le Rhin, qui sur la Sambre, qui sur la Meuse, et vont conquérir l'Europe.

Elles s'en emparent, en effet, l'histoire est là pour le raconter à nos neveux, et elles s'en emparent après cent batailles glorieuses, au milieu de drames sans nombre et tous sanglants, parmi des épisodes comiques, et à grand renfort de coups de sabre, de coups de fusils, de coups de canon, répétés par les échos de l'univers entier, stupéfait de notre bravoure et envieux de notre gloire.

Il fallait voir comme ce défilé grandiose de tambours conduits par leur chef colossal, aux plumes ondoyantes, aux habits chamarrés d'or, à la haute canne lancée jusqu'aux cintres et reçue avec une adresse incomparable ; il fallait entendre comme ces nombreuses successions de musiques militaires de régiments à pied, de régiments à cheval, d'artillerie, de caissons ; il fallait admirer comme ces jolies vivandières, passant fièrement sous le feu de la rampe, en disant adieu à leurs parents, à leurs amis, pleurant, chantant, chaffriolant, buvant et trinquant à la gloire française, amusait, électrisait la salle du Théâtre-National, et surtout, parmi les nombreux enfants, dispersés dans les galeries et dans les loges, les enfants voisins de celle occupée par le général d'Arjuzon et sa petite famille.

C'est que ces enfants sont les fils et les petits-fils de ces vaillants volontaires, également réunis dans les stalles d'orchestre, et qui sont les vieux débris de ces quatorze armées qui avaient conquis l'Occident. Aussi tous les yeux se portent sur ces nobles vétérans, et avant que leur escarcelle s'emplisse des deniers de la soirée, on couvre de fleurs leurs beaux cheveux blancs et leurs fronts cicatrisés.

Quelle jouissance pour ces braves de voir représentés sur la scène, en leur présence, les hauts faits héroïques, les travaux dignes d'être chantés par un Homère, qu'ils ont si merveilleusement exécutés dans toutes les plaines de notre grande Europe !... Aussi, combien de fois leurs mouchoirs se portent subrepticement à leurs yeux pour y effacer bien vite les larmes de bonheur qui les sillonnent...

— Ce n'est qu'un jeu d'enfants, cela !...

disent-ils en retroussant leurs vieilles moustaches grises.

— Ah ! ça ne vaut pas le tremblement de Fleurus et de Valmy, mes fistons !... ajoutent quelques autres, les soldats de la République.

— Ni les dégringolades d'Iéna !... murmurent les vainqueurs de la Prusse, au temps de l'empire.

— Eh ! mes enfants de la Victoire, qu donc pourrait narrer ici, sur de simples planches, les trente mille pochades et les tripotées à l'avenant que nous infligeâmes aux Kaiserlichs, et qui faisaient trembler le sol des contrées, en ces temps-là ?... Tapions-nous, tapiez-vous, tapaient-ils, alors! c'étaient nos beaux jours, ceux-là !... Quelle consommation de Prussiens, de Russes et de Bavarois!... Il n'y avait que nous pour obtempérer aussi congrûment aux vœux de la patrie !... Hein ! si c'était à refaire, mes lapins, quel tremblement nouveau !...

Pendant une bataille qui se livrait sur

la scène, entre Français et Prussiens, alors
que le tohu-bohu de la mêlée était au grand
complet, on vit un de nos soldats tomber
à l'improviste sur un officier croate, por-
teur du drapeau de son régiment. Mais ne
pouvant lui arracher l'aigle bicéphale
noire qui décorait les replis du jaune étendard, il chargea l'officier sur son dos, et
l'emportant avec son drapeau, il alla le
déposer aux pieds de son général, parmi
nos bataillons les plus épais, et à travers
les balles et les boulets. Dire l'explosion
de bravos, les rires, les lazzis, les cris, les
tumulte de la salle, à cette vue, serait im-
possible. La chose semblait d'autant plus
comique qu'elle était exécutée par un
tout petit caporal de voltigeurs, tandis que
ce Croate était un gros gaillard, ventru à
rivaliser avec un bœuf.

La toile du premier acte tomba sur cette
facétie militaire.

## V

Cependant, alors que la salle était livrée tout entière à l'attente, la loge de nos
fils de vieux grognards s'ouvrit sans bruit,
et entra, pour prendre place auprès de
notre petit voisin du comte d'Arjuzon, le
charmant enfant aux cheveux blonds,
qui ?... Devinez, je vous prie !...

Basquine !... Basquine elle-même, la
brillante Basquine de tout-à-l'heure, le
Diablotin, la Diavolina, le Génie de la
Féerie...

Mais, à présent, Basquine est vêtue de
noir, d'un noir sévère, elle s'assied en silence ; elle embrasse l'enfant, auquel elle
donne tout bas le doux nom d'Antony,
avec l'accent du cœur, d'un cœur qui ne
peut être que celui d'une tendre sœur.
Puis elle lui offre des oranges, en lui faisant signe d'en présenter à chacun de ses
petits amis, qui remplissent la loge. En-

fin, elle s'y installe dans une complète immobilité, dans l'angle le plus obscur.

Robert et Sidonie remarquent bien la jeune fille, mais ils ne la reconnaissent pas. Le comte d'Arjuzon, au contraire, la devine soudain, et, la voyant si modeste, si calme, si simple, il ne peut se défendre d'une profonde sympathie pour cette pauvre enfant, ainsi jetée par le sort sur les planches d'un théâtre.

— Certes! se dit-il, Basquine, car c'est bien le petit démon de tout-à-l'heure, le lutin, la danseuse de la Féerie, Basquine n'est pas du nombre de ces femmes étranges pour qui la vie n'est qu'un éclat de rire perpétuel, une suite de gambades et de pirouettes, une longue partie de plaisir entre la naissance et la mort! Non. Cette jeune fille doit vivre sérieusement et sagement. Oh! tant mieux; mon cœur en est tout réjoui!...

Ainsi pense monsieur d'Arjuzon, et pendant qu'il se laisse aller au courant de ses idées, et que ses enfants observent leurs jeunes voisins écorçant leurs oranges, le second acte commence.

Je ne vais point passer en revue toutes les phases des *Drames de l'Empire* du Théâtre-National. Il me suffira de vous dire que bientôt le héros de nos temps modernes paraît en scène, d'abord vainqueur de l'émeute de la rue Saint-Honoré, puis vainqueur des Anglais au siége de Toulon, puis conquérant de l'Egypte, puis dominateur de l'Italie.

Cet aigle, grandissant à vue d'œil, devient ensuite le consul mettant fin à l'insipide Directoire, puis il se métamorphose en monarque omnipotent, et se fait l'Empereur de gigantesque mémoire.

Alors se développe sur la scène la longue série de triomphes remportés sur tous les champs de bataille de l'Europe : Marengo, Austerlitz, Iéna, Eylau, Friedland, Eckmühl, Essling et Wagram.

Vous concevez que je ne puis vous décrire ces batailles immortelles. Sur le théâtre, elles se résument par des lignes de soldats français et de soldats ennemis, qui se trouvent en présence de mille manières. L'attaque a lieu. Les tambours battent la charge ; les musiques entonnent l'air sacré : *Veillons au salut de l'Empire!* les fusils mitraillent, les balles sifflent, les baïonnettes s'enfoncent dans les poitrines, l'artillerie vomit la mort, les cadavres jonchent le sol, sol généralement accidenté afin de rendre plus pittoresque l'aspect de la bataille, car les combats ont aussi leur poésie... Puis surviennent des charges de cavalerie qui font trembler la terre ; des états-majors passent ; des généraux arrivent ; des estafettes accourent ; des aides-de-camp partent à fond de train ; des drapeaux sont apportés ; l'ennemi est vaincu ; on le fait prisonnier de guerre ; les armes sont saisies ; nos soldats lèvent les leurs en l'air en les couronnant de bonnets à poil, de casques, de shakos, de kolbacs ; les chevaux piaffent, ils hennissent, tout en caracolant sur les points culminants de la scène ; on allume des feux de bengale de toutes les couleurs, ce qui donne à l'ensemble du coup d'œil des effets magiques; la fumée de la poudre envahit la salle; on tousse, mais on aspire ce parfum guerrier avec délices, car tout nez français aime l'odeur de la poudre; et cela s'appelle la bataille de Marengo, ou bien la bataille d'Iéna, ou bien celle d'Eylau, etc.

— Ce ne sont que des chiquenaudes et des pichenettes, tout ça!... disent les Vieux de la Vieille, en s'agitant dans leurs stalles d'honneur.

Quand a lieu la représentation de la boucherie d'Eylau, car la bataille d'Eylau fut un véritable et formidable massacre, le général d'Arjuzon paraît visiblement ému...

Autant que possible, la physionomie locale de la lutte est parfaitement rendue. On voit le clocher de l'église du village d'Eylau émergeant du milieu du cimetière, ayant pour encadrement les maisons et les paysages chargés des frimas de la

saison hivernale, car c'était en février 1807
que se livrait cette bataille. Or, la mêlée
du cimetière en question est horrible de
vérité. On peut même apercevoir, au travers des auvents de la tour, Napoléon sui-
vant du regard les péripéties du drame et
faisant donner des ordres en conséquence
par ses officiers d'ordonnance.

Mais quel n'est pas l'étonnement de
monsieur d'Arjuzon, lorsqu'il se reconnaît
lui-même à la tête de son escadron, ac-
courant pour chasser du champ de repos
les Russes qui s'obstinent à y rester, sans
avoir le soupçon qu'ils tiennent prisonnier
dans le clocher de l'église le vaillant héros
dont ils combattent les formidables pha-
anges ! La stupéfaction du général s'ac-
croît bien davantage encore, quand il
voit arriver au pas de charge une compagnie de vélites de la garde Impériale, et
qu'un Russe, s'élançant vers son sosie, le
blesse à la poitrine et va le perforer de sa
baïonnette... lorsqu'il est tué lui-même
par un généreux vélite, rouge de sang,

qui se sépare de ses frères d'armes afin de lui sauver la vie...

Le comte d'Arjuzon devient pâle, et comme les yeux de quelques-uns de ses amis, placés sur différents points de la salle, se fixant sur lui, semblent lui dire :

— Vous ne nous avez jamais parlé de cet incident !... il se sent mal à l'aise, sous le poids de son émotion, et se retire jusqu'au fond de sa loge.

Ses enfants continuent de regarder les scènes militaires qui se déroulent, tout en observant leur père à la dérobée. Mais quand se passe le fait du vélite arrachant le général au danger qui le menace, Sidonie, se tournant vers lui, les larmes aux yeux, lui dit à voix basse :

— Mais, père, tu nous disais que cette circonstance de la bataille d'Eylau n'était pas consignée dans l'histoire ?...

— Mon enfant, réplique monsieur d'Arjuzon, seul au monde, moins le vélite auteur de ce fait, qui bien certainement n'existe plus, je connais ce détail dont je n'ai jamais lu un mot dans les livres, et dont je n'ai parlé à âme qui vive, si ce n'est à toi et à Robert, parce que je ne voulais pas faire connaître le danger que j'avais couru... Aussi... je ne m'explique pas...

## VI

Le comte d'Arjuzon ne peut achever sa phrase. Sa tête tombe sur son épaule, ses lèvres remuent sans rien articuler... Une rougeur livide, celle de l'apoplexie, envahit son visage...

Il s'évanouit... Peut-être va-t-il devenir la victime d'une congestion cérébrale...

Grand émoi de la part de ses enfants, qui, voyant ce qui advient et se levant en hâte, courent au vieillard, se placent l'un à droite, l'autre à gauche, et soutiennent la tête blanche de leur père inanimé, qu'ils couvrent de baisers.

Le corps inerte, froid et flasque du moribond glisse alors du fauteuil sur lequel il était assis... Mais nonobstant les inspirations de leur tendresse filiale, et sans doute aussi à cause du saisissement dont ils sont la proie, Robert et Sidonie ne savent que faire en ce moment de crise. Des larmes s'échappent de leurs yeux et inondent leurs visages.

Mais alors le ciel prend pitié d'eux, et voici qu'il leur envoie un secours tout-à-fait inespéré....

Basquine, au mouvement empressé des enfants, et au bruit qui en est la suite, se permet de regarder dans la loge du comte, et devine l'événement qui s'accomplit. Levant donc tout-à-fait son voile, elle sort de sa loge, et, appelant une ouvreuse, elle lui demande l'entrée de celle de son voisin. Alors, sans que l'on voie et sans que l'on entende rien dans la salle, qui retentit du tonnerre de la mousqueterie et que rendent obscure d'épais nuages de fumée, s'adressant aux enfants en pleurs et s'excusant de la liberté grande qu'elle prend de venir à eux, elle leur dit :

— Ne vous effrayez pas, Mademoiselle et Monsieur; c'est un peu d'air pur qu'il faut à votre bon père... Tenez, avec le secours de Madame, nous allons le conduire au foyer... Là, nous ouvrirons une fenêtre, et si, par hasard, le sentiment de l'existence ne revient pas de suite à Monsieur, je ferai appeler le médecin du théâtre...

En même temps, avec une grâce touchante et une exquise sollicitude, Basquine fait respirer au général un flacon de sels anglais...

Monsieur d'Arjuzon ouvre aussitôt les yeux, et poussant un soupir, il balbutie, non sans peine :

— Jean, donne-moi... le bras... Bien... Sortons!...

La jeune artiste profite bien vite de cette circonstance heureuse pour faire signe à l'ouvreuse de prendre le bras droit du comte, et, s'emparant elle-même de son bras gauche, elle répond, comme si en effet elle était Jean :

— Là, voici votre bras sous le mien, Monsieur ; prenez la peine de vous lever, et sortons...

Monsieur d'Arjuzon se lève péniblement, les yeux à demi fermés, comme si sa tête portait un poids énorme, et les jambes faibles, flageolant dans tous les sens, s'avance à l'aventure comme on le fait s'avancer, sans avoir le sentiment bien exact de ce qu'il fait. Robert et Sidonie le poussent précautionneusement de leurs petites mains, et à eux vient se joindre le petit Antony, qui aime mieux suivre sa sœur au foyer que de rester sans elle en face du spectacle.

Basquine parle au vieillard, en lui indiquant le devant du vaste foyer, sur lequel elle veut le faire reposer près d'une fenêtre, et monsieur d'Arjuzon, le visage blême, et devenu pâle comme un linceul, lui répond par monosyllabes.

— Quelle voix douce tu as maintenant, Jean, et comme tu parles bien mieux...

Hein! Je vous avais bien dit, mes petits anges, que ce brave Jean se formerait...

Aux paroles saccadées du vieillard, à l'espèce de délire qu'il laisse paraître dans son langage, Basquine comprend qu'il y a plus qu'un évanouissement chez l'intéressant malade. Elle redoute un mal qu'elle ne peut définir : aussi envoie-t-elle chercher par l'ouvreuse le médecin de service.

Arrivé bientôt, en un clin d'œil le docteur juge la position. Il fait comprendre à la jeune fille que le cas est grave et qu'il faut une saignée immédiate. Alors, comme la foule peut envahir le foyer d'un instant à l'autre, et que l'air a rendu quelque peu d'énergie à monsieur d'Arjuzon, Basquine l'engage à vouloir bien accepter la loge qu'elle occupe comme artiste, ce soir-là même, au théâtre, à côté de la scène, pour s'habiller et recevoir les costumes qu'elle a dû apporter.

— Allons partout où tu voudras, Jean... réplique le comte. Ta voix devenue si

3

douce, et qui m'est si sympathique, fait
que je te suivrais au bout du monde...
Venez, mes petits anges ; allons dans la
chambre où Jean met ses... livrées...

En quelques minutes, une fois dans la
loge de Basquine, la saignée est opérée,
et il se fait un mieux sensible dans l'état
du comte, lequel, ouvrant plus largement
les yeux, les promène autour de lui et dit
à Sidonie :

— Où sommes-nous donc, ici, ma
fille ?...

— Au Théâtre-National, père, dans la
loge du Génie, du mauvais Génie, qui
est devenu pour nous le bon Génie... mur-
mure Sidonie, qui, voulant dissimuler le
tremblement de sa voix, et reconnaissant
Basquine dont la robe de théâtre est là, encore déposée sur une ottomane, efface les
larmes de ses joues, et passe rapidement
son mouchoir sur son visage et sur celui
de son frère, afin d'en faire disparaître les
traces de son anxiété...

— Mais si tu te sens assez fort... pour

descendre, père, nous allons partir... ajoute
Robert.

— Partir ?... Oui, pourvu que... Jean
me donne le bras... Veux-tu me donner le
bras, Jean ?... Mon pauvre garçon, je crois
que tu es arrivé tout exprès chez moi...
pour devenir mon bâton de vieillesse...

— Donnez le bras à votre Jean, bien
heureux d'être votre bâton de vieillesse.
Monsieur... répond Basquine...

En même temps, elle aide le comte à
descendre un escalier de service qui les
conduit sur une rue basse derrière le
théâtre.

Le médecin accompagne également le
malade ; et Sidonie, Robert, la main dans
la main d'Antony, suivent le cortége, les
yeux bien humides. Basquine a pris
soin d'envoyer chercher une voiture de
place, car Sidonie lui a dit que la berline
de son père ne peut être encore arrivée.

— Hein ! Jean, si tu avais assisté à la
vraie bataille d'Eylau, c'est toi qui n'aurais pas permis non plus qu'on tuât ton

pauvre maître d'un coup de baïonnette?...

A ces mots, qui indiquent que les vertiges du cerveau n'ont pas disparu, et que le comte est encore en proie au délire, le docteur et Basquine regardent monsieur d'Arjuzon, qui sourit d'une façon béate, comme quelqu'un qui ne se rend compte ni de ce qu'il dit ni de ce qu'il fait...

Pourtant la jeune fille répond en balbutiant, puisqu'elle sait que, dans l'esprit du malade, c'est elle qui est Jean :

— Assurément, mon cher maître, je vous aurais défendu contre les violences de vos ennemis...

Le général une fois installé dans la voiture, Robert et Sidonie prirent place à ses côtés. Le médecin se retire alors, après avoir recommandé de faire soigner le malade par quelqu'un de fort habile.

Alors Basquine dit aux enfants :

— Mademoiselle, je crois que monsieur votre père ne peut être mieux soigné dans sa maladie que par celui qui a si bien commencé sa guérison... Veuillez donc don-

ner votre adresse au docteur, et dites-la-
moi également, afin que le cocher sach
où vous conduire...

— Rue du faubourg Saint-Honoré, 42...
monsieur le comte d'Arjuzon... répond Si
donie.

— Est-ce possible?... Qu'il y a donc
sur terre... des choses étranges !... mur-
mura Basquine en se parlant à elle-
même.

Puis elle ajoute :

—Vous entendez, docteur!... Cocher, 42,
rue du faubourg Saint-Honoré !...

Le médecin s'incline et rentre au théâtre, et déjà la voiture va partir, lorsque
le comte dit à Basquine, qui salue les
enfants, et fait les premiers pas pour se
retirer elle aussi :

— Jean, je ne veux pas que tu montes
sur le siége... Viens t'asseoir là, en face
de moi... Allons, ne te fais pas prier, j'ai
grand besoin de tes services...

Basquine se rend à cette prière du
vieillard affolé par le mal ; elle fait monter

le petit Antony, et le place en face du comte.

— Mais, dit celui-ci, j'ai donc trois enfants, maintenant?...

— Monsieur le comte, répond Basquine pendant que la voiture roule sur le macadam, cet enfant est mon frère et s'appelle Antony. Moi, je ne suis pas le Jean que vous vous figurez, mais Basquine, une danseuse de théâtre. Or, par un hasard des plus étranges, comme vous, je demeure au numéro 42 du faubourg Saint-Honoré... Seulement, ah ! dam ! il y a une différence, pendant que vous occupez tout le premier étage sur la rue, moi, avec mon bon vieux père et cet enfant, j'occupe une pauvre mansarde... au fond de la cour...

— Tu m'en dis trop pour ma misérable tête, car j'ai très mal à la tête, Jean !... réplique monsieur d'Arjuzon. Ainsi tu prétends que tu es Basquine, et que tu as, avec toi, ton père et ton frère ici, à Paris, dans ma maison ?... Quel méli-mélo me

fais-tu là?... D'ailleurs, peu importe!...
Ne me quitte pas, je te l'ordonne, voilà le
point principal... Tu passeras la nuit près
de moi... N'es-tu pas mon bâton de vieillesse, tu sais, Jean?...

Basquine poussa un soupir, mais ne ré-
'pondit pas...

— Oh! oui, Mademoiselle, je vous en
conjure! fait Sidonie en joignant les mains...
Vous ne quitterez pas mon père qu'il ne
soit guéri, je vous en prie!... Voyez comme il a confiance en vous!...

— Parce qu'il me prend pour Jean, hé-
las! Mais s'il sait jamais bien nettement
que je suis une fille de théâtre?... Aussi,
je ne voulais pas le lui cacher, et, tout-à-
l'heure, je l'ai avoué clairement... réplique
la danseuse, avec des larmes dans la
voix...

— Consentez donc à rester près de père,
Mademoiselle! ajoute Robert d'un ton sup-
pliant et en prenant les mains de Basquine...

— Oui, oui, mes enfants, je ferai tout

ce que vous voudrez; seulement protégez-
moi, quand monsieur le comte apprendra
que je suis une simple danseuse, une
ballerine! comme on dit...

— Vous êtes un ange de beauté et de
bonté... Voilà tout ce que nous savons...
répond Sidonie, et dit Robert, après sa
sœur.

— Sœur, pendant que tu seras près de
Monsieur, moi je m'occuperai de notre
père, à nous... dit tout bas le petit Antony,
en s'adressant à Basquine.

— Que voulez-vous donc dire, mes petits anges?... Voilà que vous faites de
Jean... une demoiselle à présent?... fait le
comte en ouvrant largement les yeux, au
moment où la voiture tourne dans la rue
Royale, pour pénétrer dans le faubourg
Saint-Honoré...

## VII

Une heure apres, le comte d'Arjuzon re-
posait dans son lit de chêne sculpté, à bal-

daquin soutenu par quatre colonnes tor-
ses, au fond d'une magnifique chambre
éclairée par une lampe d'albâtre suspendue
au plafond. Le médecin, qui était venu
sans retard le visiter, le trouvait toujours
en danger, mais lui avait fait prendre une
potion calmante, et le malade s'était en-
dormi.

Sidonie était assise dans un fauteuil à
haut dossier garni de velours vert, au
coin du foyer, les yeux fixés sur son père,
et la main sur la tête de sa levrette ac-
croupie sur ses genoux.

Basquine, en peignoir sombre, ses longs
cheveux flottant à demi sur ses épaules,
veillait au chevet du général, épiant le
moindre de ses mouvements, et une main
dans celle du malade qui, même dans le
sommeil, murmurait le nom de Jean.

Jean était allé avec Robert, reconduire
le petit Antony à son père, dans une mansarde au fond de la cour, et annoncer au
digne homme que sa fille ne rentrerait
pas chez lui de toute la nuit.

Grâce à Dieu, le lendemain, vers une heure de l'après-midi, monsieur d'Arjuzon, sauvé par le docteur, avait quitté son lit, et enveloppé d'une robe de chambre de velours noir, se promenait à pas lents dans l'appartement, pendantque Basquine, le visage pâle et quelque peu fatigué, se coiffant de son chapeau, se préparait à sortir.

— Où allez-vous, Basquine?... lui demande le malade, débarrassé de l'hallucination qui lui faisait voir Jean dans la personne de l'artiste.

— A la répétition, monsieur le comte... c'est la loi de chaque jour, car on prépare une pièce nouvelle aux Folies-Dramatiques.

— Ma chère enfant, vous ne paraîtrez plus sur les planches des Folies-Dramatiques ni d'aucun théâtre du monde... répondit monsieur d'Arjuzon. Je viens de remettre au médecin, qui s'est chargé de l'affaire, une lettre pour votre directeur, et je lui annonce que vous ne faites plus partie de sa troupe. Vous êtes artiste, très habile artiste même ; mais votre éducation, votre caractère modeste, la sagesse de votre vie, tout vous éloigne du théâtre...

— Cependant, monsieur le comte, c'est ma seule et unique ressource!... objecte la jeune fille. Ne pouvant me frayer de chemin vers aucune carrière, j'ai caché mon vrai nom d'Eugénie sous le nom de guerre de Basquine... Puis j'ai choisi pour asile une mansarde dans un quartier fort étranger aux théâtres, et je consacre tous mes efforts et mon travail à sauver de la misère celui qui m'a donné le jour... C'est un devoir que je remplis avec d'autant plus de bonheur, que je n'ai pas connu ma mère, enlevée, à la fleur de l'âge, à l'amour d'une famille qui devait la chérir!...

— Et votre théâtre vous rapporte, Mademoiselle ?... demande le comte avec une sorte de fièvre.

— Deux mille quatre cents francs, monsieur le comte...

— Je vous en donne six mille, moi, mademoiselle Eugénie, et je vous demande de devenir la compagne et la sœur de mes enfants... Vous vivrez avec nous. Votre frère Antony recevra les mêmes leçons que mon Robert, et votre père deviendra l'intendant de ma maison... Vous ne vous séparerez donc pas de lui...

— La Providence, qui nous a placés dans cette maison à l'avance, comme pour nous mettre à l'abri de votre ombre bienfaisante, monsieur le comte, la Providence que je vénère et dont j'adore en ce moment la généreuse action, la Providence parle par votre bouche et avec votre cœur... Merci, oh! grand merci! Mais permettez-moi, cependant, de soumettre à mon père...

— Monsieur Borda... fait entendre la voix de Jean, qui ouvre la porte de la chambre, pour annoncer un visiteur...

— Mon père ?... s'écrie Eugénie.

En ce moment, pénètre en effet, dans la chambre à coucher de monsieur d'Arju-

zon, un étranger dont les cheveux grison-
nent à peine, mais dont le corps affaibli,
ruiné par l'infortune, se courbe déjà vers
la terre. Pauvrement, mais proprement
vêtu, on retrouve néanmoins dans sa dés-
involture quelque chose de l'air martial
d'un vieux soldat. Une large cicatrice sillonne son front, d'ailleurs, ce qui le fait
supposer mieux encore un vénérable fils
de Mars.

Il salue le comte, et s'excuse de pénétrer ainsi chez lui sur la pressante invi-
tation de mademoiselle Sidonie, qui le
présente en lui donnant le bras, et de
monsieur Robert, qui lui a offert le secours
de son épaule, car il est faible encore,
ayant été fort malade depuis peu. Il se permet même d'amener son petit Antony,
afin qu'il dise adieu à sa sœur, qui doit
sortir en ce moment, puisqu'il est l'heure
de se rendre au théâtre.

Sidonie avance une chaise longue à
monsieur Borda, — c'est le nom du père
d'Eugénie et d'Antony, — et Robert place

un tabouret sous sa jambe gauche, dont
il souffre beaucoup.

— Votre fille n'ira plus au théâtre, si
vous voulez bien y consentir, et jamais
plus elle ni vous ne nous quitterez, Monsieur... fait le comte en se tenant debout
devant son visiteur.

Et monsieur d'Arjuzon entre aussitôt
dans l'explication des projets qu'il a for-
més, et dont il a entretenu déjà mademoiselle Eugénie.

Vous dire la joie des enfants... est de
toute impossibilité...

Seul, monsieur Borda semble moins
enthousiaste... Il promène sur le comte un
regard vague, indéterminé, étrange, curieux... Puis il pâlit, devient rouge, blê-
mit de nouveau, et paraît ne plus savoir
quelle contenance garder...

Enfin, se levant avec effort, il va droit
à monsieur d'Arjuzon :

— Monsieur le comte, lui dit-il, votre
fils m'a raconté que, hier, vous aviez été
frappé d'une émotion des plus grandes à

la vue du tableau représentant la bataille
d'Eylau... Voulez-vous bien me permettre
de vous demander... si vous assistiez, en
1806, à ce terrible fait d'armes ?...

— J'étais à la tête de l'escadron qui
culbuta les Russes et délivra l'empereur
Napoléon, enfermé et comme cerné dans
le clocher... répond monsieur d'Arjuzon.

Puis, troublé lui-même, fixant le regard
sur la large cicatrice qui zèbre le front de
son interlocuteur, et comme cherchant à
son tour à trouver dans le visage de
monsieur Borda un souvenir de connais-
sance, le comte ajoute :

— Et vous, Monsieur, avez-vous donc
été soldat ?... A voir votre visage martial
et la noble blessure qui le décore...

— J'étais vélite, vélite dans la garde
impériale, et...

— Vélite ?... s'écrie le comte, qui ne
permet pas à monsieur Borda de parler
davantage, mais lui adresse impétueuse-
ment cette autre question :

— Vous êtes-vous donc trouvé à
Eylau ?..

— Certes! Oui, j'étais à Eylau en 1806, et à Eylau hier encore, sur le champ de bataille du Théâtre-National, car je suis auteur de la pièce *les Grands Drames de l'Empire...*

— Mais alors c'est vous, vous vélite de la garde, qui avez préservé de la mort le chef d'escadron qui chassa les Russes du cimetière?... demande le comte, le rouge au front.

— Et ce chef d'escadron, était-ce donc vous, général?... demande monsieur Borda avec la même impétuosité.

— Oui, moi-même, général d'Arjuzon...

Et en parlant ainsi, nos deux héros, avec le feu sacré de leur jeunesse militaire, se précipitent dans les bras l'un de l'autre, tête contre tête, poitrine contre poitrine...

— Mon brave vélite, mon frère d'armes et mon ami de cœur, je te dois la vie et je te retrouve enfin bien tard!... Mais j'emploierai si bien le temps qui nous reste... que j'arriverai à acquitter ma dette... Oui, viens, venez tous, Antony, Eugénie, Robert et Sidonie, mes enfants de nature et mes enfants d'adoption, venez tous autour de vos deux pères, mes petits anges, et désormais travaillons à notre bonheur mutuel, en nous aimant de toutes nos âmes confondues en une seule... Le voulez-vous ?

— Oui, oui, père bien-aimé !... s'écrient tous nos jeunes amis, en versant de délicieuses larmes...

Quel touchant tableau de famille et quelle joie chez tous ces jeunes êtres qui sourient à la vie... Je vous les livre à vous-même pour vous les figurer, chers lecteurs, car, je l'avoue, je ne puis les décrire...

————————

# DÉFENSE DE MAUBEUGE.

Pendant le blocus de Maubeuge, le 13 octobre 1793, le général Chancel parcourait les quartiers, cherchant à ranimer le courage des troupes. Un jeune soldat lui dit qu'il ne craignait pas le danger, mais qu'en compensation des fatigues de la guerre, il fallait du repos et des aliments. « Eh! quel mérite, quelle gloire auriez-vous, lui répondit le général Chancel, si vous alliez au champ de bataille en sortant d'un bon logement et d'une bonne table? Apprenez, jeune homme, que c'est par une longue suite de travaux et de privations qu'il faut acheter l'honneur de combattre et de mourir pour sa patrie. »

Les troupes qui couvraient Maubeuge ayant été obligées de rentrer dans le corps de la place, les représentants du peuple qui s'y étaient renfermés jugèrent à propos d'en faire connaître la situation périlleuse au chef de l'armée. Le maréchal-des-logis Nicolas Bourgeois, de Sainte-Ménéhould, sollicite l'honneur de s'acquitter de cette mission. « Je sais, dit-il, qu'elle n'est pas facile à remplir; j'aurai à traverser le camp autrichien, où l'on fera sur moi un feu de file, et la Sambre qui n'est pas toujours guéable; pourtant, confiez-moi les depêches, je vous en rendrai bon compte, je l'espère ; mort ou vif, je ferai parler de Nicolas Bourgeois.

— » Qui vous accompagnera? dit l'un des représentants du peuple.

— » Nous, nous, répétèrent plusieurs voix. »

Douze dragons avaient suivi le maréchal-des-logis et venaient demander à marcher avec lui : c'étaient les brigadiers Dupont et Angein, et les soldats Gardet, Brisse, Jean-Marie, Porette, Maigret, Palicat, Robiné, Desmare, Bouzemont et Deker.

La nuit vient; ces treize braves se mettent en route et franchissent les lignes ennemies. La cavalerie autrichienne se met à leur poursuite; ils redoublent de vitesse, passent la Sambre à la nage, et entrent dans Philippeville avant le jour.

On les entoure; ils expliquent le but de leur entreprise; on les presse de mettre pied à terre et de prendre un peu de repos.

— Non, dit Bourgeois sans descendre de cheval, nous songerons à nous reposer quand Maubeuge sera débloqué. Faites seulement tirer le canon pour avertir que nous avons réussi.

Dès que le signal du canon eut annoncé à la garnison de Maubeuge le succès de l'entreprise, les dragons repartirent pour Givet, remirent leurs dépêches au commandant de la place, et se rendirent auprès du représentant Perrin des Vosges, qui se hâta d'aller au secours de la ville assiégée.

# LA REDOUTE DE PASTRINGO.

A l'attaque du camp retranché des Autrichiens sur l'Adige, le 26 mars 1799, une compagnie de grenadiers marchait sur une redoute située au village de Pastringo, à une lieue de Novi. Un jeune conscrit se glisse dans leurs rangs, et affronte avec eux le feu de l'ennemi.

« Et que viens-tu faire ici, blanc-bec! lui dit un vieux grenadier; ce n'est pas ta place; va-t'en et laisse-nous faire. »

Le conscrit humilié ne répond point. Il se précipite en avant, escalade l'épaulement de la redoute, y entre le premier, et s'écrie du haut des palissades:

« A bas les grenadiers! à moi les conscrits! la redoute est à nous! »

Le même jour, auprès de Vérone, le 15ᵉ régiment de chasseurs à cheval venait de charger un corps de dragons autrichiens, dont la force était double de la sienne; après un choc des plus terribles, les Français enveloppés se repliaient précipitamment, lorsque le sous-lieutenant Antoine Lemaire aperçut au milieu des ennemis le colonel Lepic, qui, démonté et couvert de blessures, s'efforçait de vendre chèrement sa vie; Lemaire ne balança pas un instant; à la tête de son peloton, il perça les rangs des Autrichiens et l'arracha de leurs mains.

Mais le combat n'était pas terminé : furieux de ce que leur proie leur échappait, les Autrichiens accourent en foule, s'emparent de nouveau du colonel, et forcent Lemaire à s'éloigner. Cependant, ce généreux sous-lieutenant n'a point renoncé à son entreprise ; il revient à la charge, reprend son colonel, fait des prodiges pour le conserver, et se le voit enlever une seconde fois. Il ne restait plus près de lui que deux chasseurs, mais tous deux, comme lui, déterminés à vaincre ou à périr. Il pénètre avec eux dans un groupe, et s'y trouve aussitôt entouré de manière que tout passage lui est fermé. Toutefois, au sein du danger le plus imminent, il n'a point perdu de vue le but de son héroïque tentative; il s'élance vers Lepic, s'ouvre un chemin jusqu'à lui, le saisit par le collet de son uniforme, et cherche à l'entraîner en sabrant tous ceux qui l'approchent ou qui veulent approcher de sa résistance.

Lemaire a besoin de toute sa vigueur pour ne pas succomber; atteint à la poitrine de deux coups qui ont suspendu un instant sa respiration, occupé d'une main à retenir son colonel qui, pour ne pas lui échapper, s'attache à la crinière de son cheval, obligé en même temps de faire face à ses adversaires, il soutient plusieurs luttes dont il sort toujours vainqueur, les recommence contre de nouveaux champions, se trouve sans cesse engagé, mais à la fin il renverse le plus acharné de tous et contraint les autres à la fuite.

Sa première pensée fut alors de mettre promptement en sûreté le chef dont il avait accompli la délivrance ; mais à peine eurent-ils fait trois cents pas en évitant la cavalerie autrichienne qui, dans ce moment était aux prises avec la nôtre, que quelques pelotons embusqués derrière les haies firent sur eux une décharge de mousqueterie.

Lepic reçut encore un coup de feu et tomba baigné dans son sang ; quant à Lemaire, on eût dit qu'il était invulnérable. Son cheval fut frappé de deux balles, son chapeau et ses vêtements furent criblés ; sa personne seule fut préservée de toute atteinte.

Il ne manquait au bonheur de cet officier que de revoir bientôt à la tête du régiment le chef pour qui il s'était dévoué ; ses vœux furent comblés : Lepic, guéri en peu de temps, n'oublia jamais son libérateur.

FIN.

Limoges. — Imp. E. Ardant et Cⁱᵉ.

Original en couleur

NF Z 43-120-8